le cercle magique

LES LARMES de la LIBELLULE

Texte de Jean-Charles Bernardini
Illustrations d'Edmond Baudoin

MANGO JEUNESSE

UN VENT FROID VENU DE SIBÉRIE agitait les branches noires du cerisier, dispersant les pétales immaculés. Mais les tourments du ciel printanier ne bouleversaient guère Yoshi. À quelques pas devant lui, son père agenouillé contemplait l'arbre depuis l'heure du dragon, et il était sûr que l'heure du serpent approchait.

Il n'osait bouger tant il craignait de décevoir son père mais il se serait volontiers arraché l'estomac et les intestins qui vont avec. En effet, des gargouillis intempestifs se faisaient entendre, lui annonçant que l'heure du serpent approchait bruyamment.

Une fleur se détacha, tournoya et vint se poser sur son nez. Une première goutte de pluie l'y fixa solidement.

— Yoshi ! Regarde cette fleur.

La voix de son père, semblable au tonnerre, le fit sursauter.

— N'est-elle pas le symbole éclatant du samouraï ? Sa splendeur ne dure qu'un temps.

La pluie semblait du même avis. Elle tomba en rangs serrés, alourdissant les corolles. Yoshi se tassa, rentrant le cou dans les épaules. Son père ne bougeait pas.

— Tout est harmonie, chaque chose à sa place, la fleur qui gît au sol rompt avec la beauté mais elle suit sa voie.

Il aurait préféré que son père soit poète plutôt que samouraï. Les poèmes, Yoshi adorait ça. Il essayait souvent de former des haïkus, ces petits poèmes courts.

Destin tragique
qu'offre à la fleur
le vent froid du printemps

Son père se leva d'un mouvement souple. Il disparaissait déjà derrière un arbuste aux longues feuilles. Yoshi le suivit non sans avoir auparavant enlevé rageusement la fleur du bout de son nez.

Il trottait derrière les pas rapides de son père dont la voix bourrue tonnait :

— Tu n'as pas mérité l'arbre, aujourd'hui. Ton esprit était ailleurs. J'espère que les cinq ans que tu vas passer au monastère de Kurama te donneront le goût de l'effort et durciront ton âme. Les moines guerriers t'apprendront le sabre et la calligraphie.

Yoshi savait qu'il vivait ses derniers mois d'insouciance.

— Je suis mécontent de toi, mon fils. Tu ne te prépares pas comme un guerrier pour la première épreuve de ta vie.

Yoshi fut piqué au vif par cette remarque cinglante.

— Père, je...

— Il suffit ! L'estomac d'un samouraï doit apprendre à se taire !

Il ne sut que répondre. Ce qu'il admirait et détestait tout à la fois chez son père, c'était qu'il ne pouvait rien lui cacher. Il savait tout, il voyait tout, il entendait tout. Celui-ci allongea le pas, l'obligeant presque à courir.

Yoshi vit enfin les premières maisons du village. Ils franchirent un pont de bois tordu et remontèrent la rue principale bordée de maisons basses. Les gens les regardaient passer. Il peinait pour suivre son père et en était humilié.

Ils dépassèrent enfin les dernières maisons et arrivèrent à la demeure familiale. Yoshi courut vers sa mère qui guettait leur retour. Elle le serra contre elle et lui présenta un petit objet.

— Regarde, noble fils, ce que notre jardinier a fabriqué pour toi.

C'était une minuscule cage de joncs tressés.

— Qu'elle est belle ! Je l'emporterai avec moi.

Sa mère se raidit légèrement.

— Déjà demain, mon cher fils...

Le père la coupa sèchement :

— Allons, mon épouse, cet enfant n'est plus un bébé. Il a dix ans, dans cinq ans, il sera samouraï. Aujourd'hui, il a atteint l'âge de sa première épreuve et brûle du désir de la surmonter. N'est-ce pas ?

Yoshi baissa la tête.

— Oui, père.

Sa mère le regardait avec tendresse. Ses cheveux coupés à la hauteur des épaules avec, sur le sommet de la tête, une touffe attachée par un bout de ficelle, une veste de chasse liée à la taille par une ceinture d'étoffe, un caleçon en grosse toile de chanvre et des sandales de paille tressée lui donnaient plus l'allure d'un planteur de riz que d'un guerrier. Seul un petit sabre de bois noir au travers de la ceinture indiquait son origine.

Il allait affronter la première aventure de sa vie. Son père avait décidé qu'il irait dans les grands marais de Kasumiga afin d'y capturer une libellule blanche. Il ne pourrait revenir qu'avec l'insecte s'il ne voulait pas affronter les railleries de son clan.

Son père continuait :

— À ton âge, il ne m'avait fallu que trois jours !

Sa mère s'agenouilla devant lui et lui parla doucement.

— Va prendre des forces, mon petit samouraï, notre cuisinière a été inspirée par le dieu gourmand aujourd'hui.

Il salua ses parents et se précipita vers la cuisine.

Son père le regarda courir.

— Il m'a fallu trois jours pour comprendre que la libellule blanche n'existe pas...

À L'HEURE DU TIGRE, Yoshi disparut dans les brumes matinales en direction des grands marais de Kasumiga qui longent l'Océan pacifique.

Il faisait encore sombre quand il s'engagea dans le sentier qui traversait l'immense forêt bordant le village, la petite cage ballottant à sa taille.

Cette assemblée d'érables centenaires était, depuis l'enfance, son terrain de jeux préféré et c'est d'un pas assuré qu'il y pénétra. L'obscurité y était encore totale, seul le sentier se détachait des sombres taillis. Les bois morts craquaient, les ronces écorchaient ses jambes. Il franchit de nombreux entrelacs de troncs d'arbres abattus par le gel et les vents violents. Il savait reconnaître le bruit que fait un blaireau dans ses chasses nocturnes et avait déjà attrapé des putois pour les domestiquer, mais, ce matin-là, la forêt n'était pas tout à fait la même. La traversée n'en finissait pas. Il perdit le sentier, s'engagea dans d'épais fourrés, reconnaissant les arbres en les frôlant de ses mains. Il devait se diriger vers l'est. La mousse qui se déposait sur la partie des troncs exposée au nord lui donna de précieux repères de direction.

Plus il s'éloignait de la demeure familiale, plus il perdait de sa belle assurance. Il se mit à douter. Son père avait raison, il ne s'était pas préparé à cette aventure dont il rêvait pourtant depuis son plus jeune âge.

Il s'arrêta brusquement, reprenant haleine. Là-bas, devant lui, l'aurore effaçait lentement les ténèbres. Ragaillardi, il se remit en route, aujourd'hui il était l'enfant pour qui le soleil se lève.

Les hiboux regagnaient leurs nids, les lièvres commençaient leurs sarabandes dans les prés parsemés des dernières plaques de neige. Il sortit des arbres au moment où les premiers rayons du soleil couronnaient le mont Tsukuba qui se dressait au loin, dominant les marais. Il fronça les sourcils, se mordit les lèvres et décida de le franchir.

— Un samouraï ne contourne pas l'obstacle !

Ses pieds foulaient les pentes du mont Tsukuba, chahutant, parmi les herbes froissées et les premiers colchiques, des légions d'insectes engourdis que le soleil réveillerait bientôt.

Surpris du froid qu'il faisait encore à l'heure du cheval, il eut hâte de franchir le mont et ne s'attarda guère dans un sous-bois nappé de mousse givrée.

Son estomac cria famine aux abords d'une cabane au toit de chaume éventré. Il s'assit près d'un orme et retira de sa veste une poche de tissu contenant des haricots et des pois de soja bouillis qu'il dégusta lentement. Il ne put s'empêcher de regarder la cabane, quand il se figea. Il venait d'apercevoir une ombre à l'intérieur. Son repas lui échappa des mains. Il se mit debout, s'appuyant contre l'arbre qu'il contourna lentement. Il allait s'enfuir mais il entendit du bruit et vit s'agiter un buisson de feuilles noires près de lui. Son corps se fit lourd, ses jambes flageolèrent. Les feuilles s'agitaient comme sous l'effet d'un vent mauvais. Il recula, cherchant en vain à se fondre dans l'écorce de l'orme, quand, soudain, du buisson jaillit une boule de feu. Elle fila entre ses jambes, lui faisant perdre l'équilibre. Il tomba la tête dans les feuilles noires et se retrouva face à face avec un renardeau. Il eut envie de rire mais le renardeau lui mordit le bout du nez avant de disparaître. Yoshi se redressa et vit plus loin deux renards assis qui le regardaient. Entre eux se tenaient deux autres boules de feu aux museaux blancs et aux yeux curieux. Il crut les voir sourire. Les renards ne sont-ils pas les amis des génies bienfaisants ? se dit-il en se massant le nez. La présence des renards ne pouvait être pour lui qu'un bon présage. Oubliant les restes de son repas, il reprit l'allure qu'il avait au départ de chez ses parents.

Quand il arriva au sommet du mont Tsukuba, le soleil était déjà haut. Il en fut ébloui. En bas, les marais scintillants s'étendaient jusqu'à l'horizon. Il dévala les pentes douces, traversant sans ménagement des fouillis de pivoines, des buissons de magnolias, brisant les pousses les plus fragiles d'une grande forêt de hêtres, de mélèzes et de sapins.

Son père avait mis trois jours... Il s'accrocha à cette idée pour relancer son énergie. Quand il pénétra dans une vaste touffe de hauts bambous vert et jaune, il ralentit sa course. Il avança à l'aveuglette entre les longues tiges, jouant des coudes, qui en furent bientôt meurtris tant les tiges étaient dures. Il se rappela les séances

d'entraînement au combat de sabre, la lame effilée de son père tranchant net des bambous identiques. Il avança dans ce labyrinthe, le front buté, orgueilleux comme un coq.

Il était épuisé quand il posa enfin un pied dans l'eau. Le soleil poursuivait sa course vers l'ouest, derrière lui. Écartant quelques jeunes tiges souples et tendres, Yoshi découvrit le monde des marais.

IL FUT SURPRIS PAR LA BEAUTÉ mélancolique des nappes d'eau frangées de roseaux. De légères sautes de vent froissaient les feuilles d'immenses saules pleureurs et l'on entendait leurs plaintes furtives alors que les bois, les monts, les collines, les prairies qu'il venait de traverser exprimaient déjà avec joie l'arrivée du printemps.

Ces lieux pudiques et secrets calmèrent les énergies de Yoshi. Pour la première fois de sa vie, son cœur cessa de bondir comme un écureuil. Il était au seuil de l'aventure mais son courage temporisait, l'incitant à suivre des yeux la lente traversée d'un héron gris jusqu'à ce qu'il se perde là-bas, vers le nord.

Il pénétra davantage dans le grand lac marécageux, se rapprocha d'un aulne et s'appuya sur le tronc de l'arbre rouge. Quelques grenouilles sautaient dans toutes les directions. Ses yeux fouillèrent lentement les recoins de ce territoire inquiétant, espérant y apercevoir une libellule blanche. Avec les enfants de son village, il avait déjà capturé de nombreuses libellules qu'ils faisaient se battre entre elles. Quelle était la différence entre une libellule blanche et les autres ? Il suffirait de l'approcher d'assez près et, hop, les deux doigts se serreraient juste à la base des ailes. Mais son père avait quand même mis trois jours...

Une pie bleue se posa sur l'aulne et se mit à jacasser bruyamment. Yoshi regarda l'oiseau et aperçut un nid à l'angle de deux branches. L'oiseau voleta, manifestant son hostilité. Yoshi préféra s'éloigner, ne voulant pas annoncer de manière si intempestive sa présence dans le royaume des eaux dormantes. Il ne savait pas vers où se diriger. Il longea une lisière de peupliers noirs, s'arrêta un instant, attentif. Le soir tombait. L'ombre du mont Tsukuba s'étendait jusqu'à l'océan.

Immobiles, à fleur d'eau, les yeux d'un énorme brochet suivaient ses moindres gestes. Yoshi, apercevant brusquement le grand poisson, fit un faux mouvement et s'étala de tout son long.

Couvert de boue, humilié, il regagna les peupliers, invectivant la surface des eaux redevenue calme.

— Mauvais démon, tu m'as surpris, mais je n'ai pas eu peur, tu sais !

Le brochet avait disparu.

— Maudite pie ! Maudit brochet !

Il se sentit seul, regarda autour de lui. Brusquement, il réalisa que la nuit serait bientôt là pour tout engloutir. Il eut froid. Il ôta sa veste et se frictionna avec une poignée de feuilles rêches de makomo, battit son vêtement contre un tronc, l'endossa et le bourra de feuilles.

Il lui fallait rapidement trouver où dormir.

Il avisa un grand saule argenté et s'y dirigea. Une splendide libellule rouge se posa à quelques centimètres de lui, sur une tige de menthe aquatique, puis elle s'éloigna vers les limites de son territoire.

La brume laiteuse qui se répandait, légère, ne l'empêchait pas de suivre le vol de l'insecte. Mais il eut juste le temps d'apercevoir un crapaud qui, projetant sa langue vers la libellule, fut saisi violemment par une énorme main velue. Cette main monstrueuse porta le crapaud vers une bouche béante avant de disparaître dans l'incertitude des feuillages.

Yoshi sentit son sang se glacer. Il réussit néanmoins à se faufiler dans une épaisse touffe de roseaux dont les larges feuilles offraient un abri précaire.

Un ciel noir sans étoiles effaçait maintenant toute trace de vie. Il chercha la protection d'un arbre. Apercevant de nouveau le saule argenté, il se réfugia dans ses branches, mort de froid et de peur.

Longtemps, il essaya d'imposer à son cerveau l'image rassurante de sa mère et s'endormit finalement, épuisé d'émotions, après avoir composé un haiku pour se calmer :

Froid sur les hautes herbes
noire la nuit
seule lueur, l'œil du hibou

Il fit un horrible cauchemar. Son corps se couvrait de pustules vertes, sa bouche s'agrandissait démesurément, ses yeux devenaient rouges et globuleux, sa langue s'engluait dans une bave noire. Il devenait un crapaud monstrueux. Sa mère reculait, terrifiée par d'infectes odeurs sortant de sa gueule. Il sentit ses pieds agrippés par un démon puissant qui l'entraîna dans un grouillement de sangsues. Il se débattait mais la vase l'aspirait comme lui le faisait avec des nouilles de riz. Il tendit un bras, une main, vers son père qui le contemplait avec mépris, les poings sur les hanches.

À L'HEURE DU DRAGON, la nuit marchandait encore quelques lambeaux. Elle quittait avec regret ces lieux mélancoliques.

Yoshi ouvrit les yeux, cherchant à s'orienter, quand il entendit quelques clapotis. Il vit une carpe franchir les airs pour atterrir non loin du saule. Plus rien ne bougeait, sauf la carpe qui se débattait. Il attendit puis, aussi souple qu'un furet, il se glissa le long de l'arbre, s'empara du poisson et se faufila dans un buisson d'acores.

Il se statufia, étouffant la carpe contre lui. Une voix venait du saule, une voix d'outre-tombe.

— Kuta, il m'a bien semblé que la carpe était tombée par là, près de ce saule à la drôle d'odeur, non ?

Une sueur glacée coula dans les veines de

Yoshi. Son regard surprit, à travers les feuilles étroites striées de vert, un être fantastique, un oni massif et poilu. Sa tête, toute en bosses, n'avait qu'un seul œil planté au-dessus d'un nez écrasé, surmontant une bouche baveuse que deux grandes canines semblaient transpercer. Des bras longs et puissants fouillaient le feuillage.

Une autre voix s'éleva au-delà du saule.

— Toda, regarde ma carpe, elle est énorme. Shôda avait raison, les carpes sont bien plus belles par ici, hein ?

— Shôda a toujours raison ! Mais, c'est drôle, je ne retrouve pas la mienne ! Elle a pourtant dû atterrir très exactement ici.

Ces voix grinçantes semèrent la panique au plus profond du cerveau de Yoshi.

Puis les derniers vents d'hiver les entraînèrent loin de lui. Il attendit encore longtemps, blotti dans le buisson, avant de planter ses dents dans la chair du poisson, recrachant les écailles, manquant mille fois de s'étrangler.

Il rougit de honte. Et si c'étaient des gens du village ou des amis de son père qui s'étaient déguisés pour l'éprouver ?

Il repensa à son père et plissa les yeux de défi.

— J'irai jusqu'au bout de l'épreuve !

À l'heure du cheval, les premiers rayons du soleil lui redonnèrent du courage. Il n'allait pas

rester dans ce buisson de roseaux. Et puis, les amis de son père étaient peut-être là, à le guetter, il fallait montrer du courage. Il se risqua vers le saule et, machinalement, chercha des traces sur le sol. Il ne trouva rien, ce qui ne le rassura guère.

Un tronc mort sortait de l'eau. Sans but précis, il s'y dirigea, longeant une forêt de bambous kikos, quand il se sentit épié. Il réussit dans un suprême effort à regarder vers les bambous. Son cœur s'arrêta de battre. L'être monstrueux, derrière les longues tiges, le regardait.

— Mon cher Kuta, je crois savoir ce qu'est devenue ma carpe !

La face narquoise se pencha vers l'enfant terrifié.

— Était-elle bonne au moins, petit homme ?

La malice de son œil unique n'échappa pas à Yoshi, qui se détendit légèrement. Un clapotis le fit se retourner. Un autre démon se tenait là, à le frôler. Celui-ci avait trois yeux et, comme le premier, de grandes canines proéminentes. Tous les deux étaient nus et velus, les poils drus, noirs et gris. Au bout de leurs grands bras puissants, leurs mains avaient trois doigts. Leurs ongles ressemblaient à des coquilles d'huître.

— Qu'a-t-il répondu ? Il a aimé la carpe ?

Yoshi se laissa tomber à genoux dans l'eau.

— Pardonnez, nobles démons, à l'enfant que je suis son intrusion dans votre domaine...

— Réponds plutôt à Kuta. As-tu aimé la carpe ?

Yoshi hésita un instant.

— Oui, j'ai aimé la carpe, mais...

— Mais ?

— Je l'ai mangée trop vite et je me suis étranglé avec les écailles.

— Veux-tu une carpe sans écailles ?

— Mais, Kuta, pourquoi veux-tu qu'il mange une carpe dès le matin ?

— Un bon crapaud un peu jeune, bien tendre...

— Beurk !

— Il a dit beurk !

— Bon, pas de crapaud ! Quelques bonnes baies ?

— Tu es marrant, toi, des baies à cette époque !

— Quelques lentilles d'eau avec de belles sangsues.

— Décidément, tu n'y connais rien, mon pauvre Kuta, les hommes mangent du riz.

— Oui, nous mangeons du riz et du poisson !

— Alors, tu veux une autre carpe ?

Le rire de Yoshi explosa, vibrant sur la surface de l'eau. Un grand rire libérateur chassant les angoisses précédentes et se moquant déjà de celles à venir.

— Ho ho, nobles démons, que vous êtes drôles. Ne vous inquiétez pas, je saurai bien me contenter de quelques bulbes de lis avec deux ou trois sangsues...

Les deux démons le dévoraient des yeux.

— Tu vois, Toda, je savais bien que les humains mangeaient des sangsues !

— Eh oui, sinon, que viendraient-ils faire au royaume des eaux dormantes ?

UNE VOIX PLUS LÉGÈRE LEUR PARVINT.

— J'ai écouté la pie ce matin, entendu ce que m'a dit un brochet et longtemps discuté avec un saule argenté...

Les deux démons furent aussi surpris que Yoshi. Shôda se tenait assis sur le tronc de l'arbre mort.

De sa grosse tête ronde émergeaient deux petites cornes noires et pointues. Son corps trapu était recouvert de poils soyeux blancs et gris. Ses deux grands yeux reflétaient le ciel.

— Oh, Shôda ! Nous ne t'avions pas entendu arriver, mais que disais-tu à propos de ce saule, de cette pie et de ce brochet ?

Ses longues mains à trois doigts, fines et gracieuses, tenaient des bulbes de lis. Il s'approcha d'eux.

— Mes amis, je vous présente Yoshi dont le saule m'a raconté le mauvais rêve.

Il lui tendit les bulbes.

— Le reste, tu vas nous l'apprendre toi-même, n'est-ce pas ?

— Mais qui êtes-vous ?

Tous les trois le regardaient avec tendresse. Ce fut Kuta qui répondit.

— Nous sommes les démons protecteurs des marais. Ça ne se voit pas ?

Yoshi laissa s'échapper un frisson. Toda se faisait menaçant :

— Nous sommes pourtant des démons terrifiants !

Kuta, à son tour, fit le gros dos en fronçant les sourcils :

— Le cauchemar des carpes, des crapauds, des sangsues, des moustiques et des hommes !

— Et toi, Yoshi, petit homme, de qui es-tu le cauchemar ?

— Je suis le fils d'un samouraï... j'ai dix ans et...

— Et tu es le cauchemar de ton père.

À ces mots, Yoshi rougit.

— Kuta, ne te moque pas de lui. Continue, petit homme.

— Et pour ma première épreuve... je dois rapporter une libellule blanche à mon père...

Les deux démons sursautèrent. Seul, Shôda

arborait un léger sourire, découvrant quatre canines acérées.

Toda et Kuta étaient livides. Une nervosité étrange s'empara d'eux.

— Tu entends ça, Shôda ?

— Taisez-vous, laissez-le parler !

Puis, regardant Yoshi :

— Pourquoi une libellule blanche ?

— Heu... je ne sais pas. Peut-être est-elle plus difficile à attraper ? C'est mon père qui...

Toda tremblait de la tête aux pieds.

— Yoshi, ce que tu cherches n'existe pas. Oublie tout et retourne dans ta famille.

Kuta se tenait la mâchoire pour articuler convenablement.

— Oui oui, oublie tout ça, ton père acceptera. À ton âge, on ne réussit pas forcément sa première épreuve du premier coup, tu sais !

Toda et Kuta lui tendirent quatre mains calleuses.

— Au revoir, non, adieu plutôt !

Yoshi était inquiet mais ne put s'empêcher de sourire. Leur affolement était si drôle à voir.

— Mais je ne veux pas que mon père me prenne pour un lâche.

— Ho la la, on est tombés sur un orgueilleux.

— Tu sais bien, Kuta, ce sont les pires, les orgueilleux.

— Tu as raison, Toda, que faire avec les orgueilleux ?

Ils se retournèrent vers Shôda, le suppliant presque.

— Et toi, tu ne dis rien ?

Le regard intense de Shôda pénétra celui de Yoshi. Un sentiment d'apaisement s'infiltra lentement dans le corps de l'enfant.

L'heure du bouc approchait. Les ombres basculèrent. Le cri rauque d'une grue se fit entendre. De nouveau, le marais s'agita. Imperceptiblement, la vie reprenait. Yoshi cligna des yeux.

Shôda se leva, descendit de l'arbre mort, écarta les deux démons et posa ses mains sur les épaules de Yoshi qu'il aida à se relever.

— J'ai lu au fond de ton âme, tes parents t'ont bien choisi...

Il se dirigea vers une touffe d'iris.

Kuta et Toda le regardaient, atterrés, se mordant les doigts.

— Aïe aïe aïe !

Il se pencha, cueillit délicatement un iris de Sibérie, s'inclina presque en direction de Yoshi.

— Tu ramèneras la libellule blanche, jeune samouraï.

Les deux autres, de stupeur, se retrouvèrent assis les fesses dans l'eau. Ils se traînaient dans

la vase, enfonçaient leurs têtes dans la boue, suppliant Shôda en trépignant.

— Shôda, tu ne peux pas faire ça ! Tu ne peux pas affronter le prince des marais !

— Calmez-vous, mes grotesques, mes bouilles infernales, qui ne connaissez que la fange des marécages. J'ai exploré l'âme de cet enfant, et je vous le dis...

Leurs genoux s'entrechoquaient, ils s'agrippaient l'un à l'autre.

— Ouille ouille ouille, nous avons peur de ce que tu vas nous dire, Shôda...

— ... il brisera la malédiction et nous l'aiderons.

Disant cela, Shôda accrocha l'iris de Sibérie à son oreille gauche.

Les deux autres s'effondrèrent, s'efforçant de disparaître dans la vase.

— Il l'a dit !

— Je l'ai dit !

— Mais nous sommes les gardiens de la malédiction !

Shôda, entraînant Yoshi, s'accroupit près d'eux.

— Écoutez-moi, j'ai beaucoup réfléchi à tout ça, nous ne pouvons plus continuer à être les gardiens de ce que nous avons toujours réprouvé.

— Mais...

— Seule la peur nous a obligés à agir ainsi.

L'arrivée de cet enfant dans les marais me donne du courage. Je ne peux le regarder sans avoir honte. Tant que je n'avais que vos regards, je ravalais mon orgueil, supportant d'être le complice d'une telle monstruosité.

Kuta et Toda semblaient se calmer lentement.

— Oh, tu sais, pour des monstres...

— Oui, pour des monstres...

Yoshi se rapprocha d'eux.

— Vous n'êtes pas des monstres, vous êtes effrayants mais je vous trouve beaux.

Toda et Kuta le regardèrent ébahis.

— Vous êtes mon plus vieux rêve d'enfant.

Ses yeux pénétrèrent les leurs.

— Écoutez cet haïku, je l'ai composé pour vous :

Rêve d'enfant
l'eau noire du marais
reflet des démons

Toda et Kuta, assis dans l'eau, ne bougeaient plus. Des larmes coulaient sur leurs faces terribles. Shôda jubilait, entamant un petit pas de danse.

— Alors, mes bouseux, n'avais-je pas raison ?

— Tu sais bien que tu as toujours raison !

Kuta sanglotait.

— Beuh, tu te rends compte, il a dit que nous étions un rêve d'enfant et il nous a composé un poème !

Brusquement, Shôda réclama le silence.

— Chut, méfions-nous si nous ne voulons pas que le rêve devienne cauchemar.

— Oh oui, c'est vrai, faisons attention !

— Oh non, pas de cauchemar, oh non !

Et tous les quatre disparurent dans l'épaisseur des roseaux, vers le cœur du marais.

L'HEURE DU COQ ÉTAIT PASSÉE depuis longtemps.

Ils étaient au plus profond d'une forêt d'aulnes noirs, installés dans un entrelacs de troncs et de branches formant une caverne aux multiples méandres. Yoshi engloutissait des touffes de trèfle d'eau, de gros oignons, de nénuphars et quantité de tanches et de sangsues. Il se délectait de ces grosses sangsues noires au corps gonflé de sang de crapaud.

Il ne remarquait pas les regards inquiets que Kuta et Toda lançaient en direction de Shôda.

— Je sais, je sais, mes gargouilles, ce sera bientôt l'heure du buffle.

— Yoshi, petit homme ! L'heure du buffle est l'heure à laquelle le prince des marais parcourt ses territoires. Il sort de la vase la plus noire et la plus profonde et ses pieds glissent sur l'eau. Il connaît chaque arbre, chaque roseau, chaque goutte d'eau. Les larves lui rendent hommage, chacun s'offre à lui pour le nourrir ou pour son plaisir. Il est le seigneur suprême et a droit de vie et de mort sur tous.

— Sur vous aussi ?

— Sur nous aussi !

Yoshi laissa tomber sa sangsue et serra maladroitement la poignée de son sabre de bois. Il savait maintenant pourquoi ces deux formidables démons étaient effrayés par le prince des marais. Mais Shôda dégageait une telle force paisible qu'il se sentait malgré tout rassuré. Il se rapprocha légèrement de lui.

— Écoute bien, Yoshi. Je ne vais pas te raconter une histoire pour t'endormir, mais au contraire une histoire à te donner les pires cauchemars pour le reste de tes nuits.

Yoshi frissonna. Il savait que l'heure du buffle était propice aux fantômes et aux mauvais esprits.

Shôda lissa les poils entourant sa bouche, humecta ses lèvres. Les ombres s'effacèrent, l'obscurité s'installa, les ténèbres envahirent la forêt inondée. La voix rassurante de Shôda emplit l'espace.

— Il y a bien longtemps, la jeune princesse

Nyosan qui aimait tant les papillons semait dans son jardin toutes les fleurs du monde pour les attirer. Un jeune samouraï nommé Furuya la courtisait. Goto, le père de Nyosan, un vieil homme aigri, avait été évincé de la cour pour mauvaise conduite avec les concubines du Daïmyô. L'histoire ne dit pas comment il sauva sa tête, toujours est-il qu'il se retira dans une maison sinistre, emmenant sa fille et chassant ses servantes. Le jeune samouraï tournait désespérément autour des hauts murs de la nouvelle demeure, la princesse restait invisible. Les enfants des ogres eurent le temps de devenir des ogres à leur tour, il tournait encore. Un jour, il réussit à trouver une brèche et pénétra dans le jardin. Il se précipita vers la princesse entourée de papillons, elle n'avait pas changé, lui non plus. Seuls leurs yeux exprimaient une pro-fonde détresse. Ensemble, ils imaginèrent un stratagème pour s'unir en toute impunité. La nuit tombée, le jeune homme alla trouver une sorcière qui lui confectionna un philtre.

« — Quand le soleil sera haut dans le ciel, buvez ceci et vous deviendrez papillon, lui dit-elle.

« À l'heure du cheval, Furuya, fou de bonheur but le philtre. »

Toda laissa échapper dans un souffle :

— Quelle belle histoire... On a beau la connaître, ça reste une belle histoire.

Yoshi ne vit pas les larmes sur le visage des deux amis.

— Hélas, le père avait suivi le jeune homme. À son tour, il pénétra dans l'antre de la sorcière, qui lui raconta tout. Il la tortura jusqu'à ce qu'il obtienne un autre philtre, puis la tua et disparut dans l'aube brumeuse du lendemain.

« Dans le jardin multicolore, Furuya transformé en papillon se posait sur la main de Nyosan. Ils restaient ensemble toute la traversée du jour. À la nuit, le papillon redevenait homme et s'éclipsait. »

On entendait maintenant pleurer les deux démons.

— Ils furent heureux pendant deux lunes. Un jour, le père obligea sa fille à le suivre vers une autre contrée, dans un endroit mystérieux. Le départ eut lieu à l'heure du rat par une nuit sans étoiles. Le jeune homme, désespéré, la cherchait le jour, la cherchait la nuit. Il la retrouva au bout d'une année de treize lunes. Ils crurent pouvoir recommencer leur harmonieuse relation. C'était oublier le père mauvais et jaloux. Alors que l'heure du singe finissait, au plus profond d'un massif d'azalées, les deux amants partageaient leur bonheur. Il les surprit, écartant brutalement les branches, piétinant les fleurs. Il força la princesse à boire le philtre. Nyosan fut transformée en libellule et, avant que le jeune homme ne retrouve sa forme humaine, la pauvre libellule dévora le papillon. Le rire dément du père irrita la surface des eaux dormantes et réveilla le prince des marais, Namikiri Fudô, « celui qui coupe les vagues ». Il fut horrifié par la mauvaise action du père. Pour le punir, il le transforma en silure, le condamnant ainsi à vivre pour l'éternité entre eau et vase. Malheureusement, il tomba amoureux fou de la princesse et, pour ne pas la perdre, fit d'elle une libellule le jour et une pauvre errante la nuit. Nous avons tenté de nous y opposer mais notre prince, pour la première fois de sa longue vie, avait enfin rencontré l'amour et craignait de le perdre. Nous avons eu peur de sa violence. Voilà comment nous sommes devenus les gardiens de... »

Yoshi lui coupa la parole :

— De la libellule blanche !

— Oui, Yoshi, l'unique libellule blanche des marais est la princesse Nyosan.

— Mais ce prince est odieux... Il la retient prisonnière ! Elle doit être suffisamment malheureuse d'avoir dévoré son amant.

Kuta et Toda se réfugièrent dans l'entrelacs des troncs noirs.

— Chut, Yoshi ! À cette heure-ci, le prince entend tout, voit tout, sent tout.

Shôda se leva et les rassura de la main.

— Calmez-vous. Notre prince est chez Amaterasu, la déesse du soleil, afin de solliciter les vents du sud pour qu'ils fécondent le marais...

Il se tut. Le son lointain d'une flûte leur parvint, le son d'une longue plainte déchirante. Kuta se redressa légèrement.

— C'est la princesse. Elle erre, comme toutes les nuits...

Il ne put en dire davantage. Fracassant le bois noir, une main puissante le saisit à la gorge. Shôda se précipita sur Yoshi, le souleva et fila dans la nuit. La voix terrifiante de Namikiri Fudô gronda dans l'obscurité.

— Où comptes-tu aller, Shôda ? Laisse-moi l'enfant !

Enlaçant Yoshi, celui-ci filait comme un ouragan. Rien n'entravait sa course. On entendit encore :

— SHÔDAAAA ! Ne me trahis pas !

— Ne t'inquiète pas, petit guerrier, nos amis sauront bien le ralentir. On n'étrangle pas comme ça un démon, encore moins deux. J'espère seulement qu'ils en auront le courage.

LES RAYONS DE LUNE se frayaient un chemin au travers des grands peupliers sombres. Ils éclairaient faiblement les ruines d'une ancienne demeure.

— Où sommes-nous, Shôda ?

— Au centre de la toile, petit samouraï, dans les ruines de l'ancienne demeure de Nyosan. C'est ici que le prince des marais a lancé sa malédiction.

— C'est ici que le jeune samouraï transformé en papillon est mort ?

— Oui.

Yoshi regarda autour de lui. Le sol était jonché de débris de tuiles vernies, les éléments d'une lourde porte étaient appuyés contre un mur lépreux, le bois des poutres vermoulu grouillait d'insectes le dévorant, le mur d'enceinte en partie effondré reflétait des lambeaux de pâles lueurs, ce lieu sentait la mort.

— On dirait que le prince des marais est revenu plus tôt que prévu de chez la déesse ? Et c'est moi qu'il veut, n'est-ce pas ? Comment savait-il que j'étais dans les marais si lui n'y était pas ?

Shôda lui attrapa les épaules.

— J'aurais dû être plus prudent, les marais sont plus bavards qu'on ne croit.

— Alors, il sait aussi que nous sommes ici ?

— Oui, il le sait. Tu as peur ?

— Non, Shôda, un samouraï n'a jamais peur.

— Ne bouge pas d'ici, nos deux amis vont te rejoindre. Je vais enfin oser plaider la cause de la princesse auprès des dieux.

Shôda lui caressa le visage d'une main douce et disparut. Yoshi le regarda partir en reculant.

— Non, je n'ai pas peur.

Sa gorge se serra. Il murmura :

— Tu parles, je ne suis pas encore un samouraï et je suis mort de peur !

Il se tapit dans un renfoncement, n'osant bouger. De pauvres clartés de lune léchaient par endroits les murs suintants de la maison maudite. Il décida de se déplacer. Contournant une partie effondrée, il s'enfonça dans un silence lugubre et épais. Soudain il se figea. Une ombre venait lentement vers lui.

— Yoshi ?

Un souffle prononça son nom.

Il n'osait plus respirer. L'ombre se rapprocha. Il crut discerner de longs cheveux, un kimono blanc, un faible éclat sur l'arête d'un nez.

— Princesse Nyosan, est-ce vous ?

— Yoshi... rejoins-moi. Viens jouer aux haïkus.

— Aux haïkus ?

Ce ne pouvait être que la princesse pour vouloir jouer aux poèmes. Mais comment savait-elle qu'il aimait composer des haïkus ?

— Saurais-tu finir celui-ci ?

Dans le marais solitaire
l'eau frissonne d'envie...

Yoshi réfléchit un instant, se détacha du mur et s'avança lentement vers la silhouette :

— « ... de refléter la fleur du cerisier »

Il s'arrêta et entendit murmurer :

— Bravo, Yoshi !

Il s'inclina.

— Vous me faites trop d'honneur, princesse.

L'ombre se rapprocha.

— Écoute celui-ci :

Le printemps qui naît
la libellule dévore...

Yoshi sentit instinctivement le danger. Il recula et se tassa sur lui-même. La silhouette diaphane se transforma en un personnage hideux. Namikiri Fudô, le prince des marais, se dressait de toute sa puissance, ivre de fureur.

— « ... la libellule dévore le papillon
le printemps est la mort »

Ses yeux rouges proéminents comme ceux d'un crapaud reflétaient d'intolérables souffrances. Sa bouche emplie de larves, de vers et de sangsues s'ouvrait démesurément, cherchant son souffle. Son corps immense semblait fait de boue. Il s'approcha de Yoshi. Des formes monstrueuses grouillaient sous sa peau. Un grand serpent blanc serrait sa taille, retenant un pagne couleur de sang.

Ses doigts semblables à d'infernales tentacules cherchèrent à l'agripper. Yoshi fit face avec, pour seules armes, son sabre minuscule et son orgueil de guerrier. Il hurla à la face du prince :

— Le printemps est la vie, tes yeux sont remplis de vase...

Il fut soulevé dans les airs.

— Misérable crotte de poisson, tu es de trop dans mon royaume. Ce bon Goto sortira de sa vase pour te gober.

D'un geste sûr, Yoshi tira son sabre de bois, portant un coup violent, il brisa le cou du serpent blanc. Un hurlement épouvantable sortit de la gorge de Namikiri. Il s'abattit, terrassé de douleur. Yoshi lui échappa et fila à travers la nuit noire. L'eau et la vase le ralentissaient et il ne savait où se diriger. Derrière lui, il entendait le fracas des pas prodigieux du prince.

— Où que tu ailles, tu ne peux m'échapper !

L'eau devint brusquement profonde. Sans réfléchir, Yoshi s'y engloutit. Des remous puissants le ballottaient. Il voulut reprendre son souffle, tout allait trop vite. Il avala autant d'eau qu'il respirait d'air. Il sortit la tête et vit le monstre s'éloigner, écrasant tout autour de lui. Il regagnait une rive incertaine quand il sentit quelque chose se refermer sur son pied. De nouveau la terreur et de nouveau l'orgueil. Il ne pouvait pas revenir chez son père sans avoir surmonté l'épreuve. Mais son corps s'enfonçait. Il se débattait en vain et perdit son sabre. Il entendit vaguement une voix prononcer ces quelques mots :

— Ne t'inquiète pas, grand guerrier.

Il reconnut Toda accroupi auprès de lui, un beau sourire sur les lèvres.

— Regarde, Yoshi !

Et Yoshi vit Kuta plonger ses bras velus dans la vase et tirer à lui le corps énorme d'un poisson sans écailles de plus de quatre mètres de long, qui se débattait. Sa tête plate et massive sortait de l'eau, ses yeux minuscules, furieux, lançaient des éclairs. Sa gueule énorme s'était refermée sur le pied de Yoshi. C'était Goto, le père de la princesse, que Namikiri avait transformé en silure. Toda l'assomma d'un formidable coup de poing sur la tête.

— Kuta a toujours eu envie de se gaver d'un bon gros silure...

Toda prit Yoshi dans ses bras. L'enfant se blottit dans les poils drus, arrachant un moment de répit. Kuta broyait littéralement le poisson. Il allait planter ses canines acérées quand il se statufia.

— Oh, pardon, princesse...

Yoshi fut ébloui. La princesse Nyosan, debout sur la berge, nimbée de lumière de lune,

les regardait. Toda jeta un regard malicieux à Kuta et lui chuchota :

— Tu ne vas pas manger son père, quand même !

Kuta se mordit les lèvres pour ne pas sourire et se les mordit une seconde fois pour cacher sa déception.

La princesse tendit à Kuta une longue épingle à cheveux.

— Je ne veux pas qu'il souffre.

Kuta exécuta Goto discrètement, lui enfonçant l'épingle dans le crâne. On crut entendre quelques mots sortir de cette gueule démesurée. Les cheveux défaits de Nyosan cachaient ses larmes.

Le grand poisson disparut dans l'eau sinistre, quand, soudain, le prince des marais se dressa devant eux.

— NON ! Je ne vous laisserai pas briser la malédiction. La princesse est à moi, elle est à moi !

Son visage était livré aux tourments de l'enfer. Des bracelets de serpent s'agitaient autour de ses poignets. À sa taille, le grand serpent blanc pendait inerte.

La princesse regarda Yoshi.

— Viens vers moi, samouraï.

Le prince des marais hurla.

— NON ! Nyosan, je l'interdis, cet enfant ne me privera pas de toi !

Mais il était impuissant, son corps s'effondrait, ses yeux noyés de larmes chaviraient.

Toda et Kuta ne bougeaient pas, stupéfaits de la lumière qui se dégageait de la princesse. Nyosan tendit la main.

— Viens, Yoshi, viens contre moi.

Leurs doigts s'effleurèrent. Le visage de Nyosan se transforma, il retrouva éclat et beauté. Le prince des marais s'affaissa dans l'eau boueuse. Ses yeux clignèrent sous la clarté que le corps de la princesse irradiait. Il s'effondra, se déchirant le visage.

— Mes yeux ! Mes yeux ! Je ne vois plus ! Ma princesse, je ne te vois plus !

Plus la main de Nyosan serrait celle de Yoshi, plus la lueur se faisait vive. Le prince s'effondra. Yoshi voulut faire un mouvement, il entendit Shôda lui souffler à l'oreille :

— Laisse son karma s'accomplir et la malédiction prendra fin.

Le grand prince Namikiri Fudô se traînait dans la boue.

— Mes yeux... Je suis aveugle. Mes démons, ne m'enlevez pas ma libellule.

Lâchant la main de Yoshi, Nyosan se dirigea vers le prince terrassé. Elle s'approcha et lui caressa lentement le visage.

— Il n'y a plus de libellule, il n'y a plus

qu'une princesse qui sera désormais votre guide dans la nuit des marais.

Elle regarda Yoshi. Son visage était calme, ses yeux remplis de reconnaissance.

— Samouraï, quand, à l'heure du serpent, la déesse du soleil illuminera ces lieux, tu rencontreras la libellule blanche.

Elle aida le prince à se relever et tous deux disparurent dans les profondeurs du royaume des eaux dormantes.

— Shôda, que va-t-elle devenir ?

— Ne t'inquiète pas, samouraï, elle va enfin aimer. Nous l'avons aidée à ne plus être un fantôme.

— Ni un insecte, si beau soit-il...

— Le prince nous racontera peut-être ce qu'est le véritable amour...

— L'amour ? Mais vous en êtes pétris, sacrés démons.

Ils restèrent là, sans bouger. Kuta se pencha et souffla à l'oreille de Toda :

— Quel goût ça peut bien avoir, le silure ?

— La libellule blanche se manifestera entre l'heure du serpent et celle du cheval. En attendant, il te faut dormir. C'est ta dernière nuit dans les marais.

Yoshi les arrêta un court instant.

— Écoutez, c'est pour vous :

Aube du printemps
eau et ciel
se reflètent

— Bravo ! Bravo ! Bravo !

Il se courba fièrement devant les trois démons qui l'applaudirent. Il avait enfin réussi un haïku parfait.

À l'heure du serpent, ils virent la libellule blanche posée sur la branche basse d'un jeune maackia. À l'abri dans les hautes herbes, les quatre amis surveillaient l'insecte gracile.

— Shôda, dois-je vraiment l'attraper ?

Shôda le regarda.

— Grâce à toi, la princesse Nyosan n'est plus une âme errante. Laisse-la te remercier.

Yoshi se glissa derrière l'insecte, attendit et, d'un geste souple, l'attrapa juste derrière les ailes. Il se retourna :

— Regardez !

Il comprit brusquement qu'il était seul.

LA GORGE SERRÉE, IL CONTEMPLA une dernière fois ce royaume merveilleux et chercha machinalement la petite cage de joncs tressés. Elle était restée par miracle à sa ceinture, intacte. Il ne remarqua même pas l'absence de son sabre.

Il regarda mieux la libellule. Elle était d'une légèreté inhabituelle et ne bougeait pas. L'insecte était mort mais sa blancheur immaculée accrochait l'œil d'un éclat merveilleux. L'index de Yoshi glissa le long des ailes, quand son doigt s'arrêta. Dans sa main s'opérait la plus étrange des transformations. Le corps de la libellule devenait minéral, d'un blanc pur. Ses ailes vermeil dépassaient en finesse le travail du meilleur orfèvre de l'empereur.

La libellule blanche existait. Elle était devenue un insecte de légende. Yoshi avait mis trois jours pour la trouver.

Il regarda à nouveau autour de lui. Le marais scintillait, des rossignols chantaient à tue-tête, un vent léger et chaud venu du sud caressait les corolles des premières fleurs du printemps. Il déposa la libellule dans la cage et resta longuement agenouillé au bord de l'eau. Il assista à l'éveil des eaux dormantes. Un flamboiement de couleurs bientôt embraserait ces lieux mélancoliques.

Quand le soleil fut au zénith, il secoua son corps, se releva et vit un haïku inscrit sur le sol, derrière lui :

Bords de roseau
insecte blanc
sourire d'enfant

Autour du poème, il y avait des traces de pieds à trois doigts.

— Merci princesse, merci mes amis.

Il refoula quelques larmes et sortit des marais lentement, presque à reculons.

Sur le chemin du retour, il rencontra quelques kamis descendus des montagnes pour fertiliser les champs et les rizières. Tous remarquèrent la libellule blanche dans la cage, à sa ceinture. Il ne faut pas plus que quelques kamis pour créer les légendes, celle de l'enfant et de la libellule allait naître en même temps que le printemps.

En haut du mont Tsukuba, il se retourna une dernière fois et se prosterna vers les grands marais, là-bas, à l'horizon. Puis il reprit sa course suivant celle du soleil. Ils arrivèrent en même temps au village. Dans les yeux de Yoshi, il n'y avait plus qu'une image, le visage de sa mère.

La petite cage ballottait, légère, à sa ceinture.

HISTOIRE D'EN SAVOIR UN PEU PLUS…

Acore calamus : roseau aromatique que l'on rencontre au bord des étangs et des cours d'eau. C'est aussi une plante médicinale aux propriétés digestives.

Amaterasu : la dame du feu. C'est la déesse du soleil, à l'origine de la dynastie impériale du Japon. D'après la mythologie nippone, elle fut le premier des dieux. Elle créa le Japon, dont le sol fut sa propriété. Le premier empereur serait son arrière-petit-fils.

Aulne glutineux : c'est un arbre à feuilles caduques, originaire de la Chine occidentale. Il pousse de préférence dans les endroits humides et peut atteindre vingt mètres de hauteur.

Calligraphie : c'est l'art majeur d'apprendre à former de manière raffinée les caractères d'une écriture. Il existe plusieurs styles de calligraphie dans une même écriture : officielle, administrative, poétique, scolaire, etc. En Orient, la calligraphie a ses écoles et ses artistes.

Cerisier : au printemps, le Japon se couvre de cerisiers fleuris qui ne donnent pas de fruits. Le cerisier est l'arbre sacré du Japon. Tous les ans, de grandes fêtes sont organisées pour célébrer sa floraison. Ce sont les Sakuras (fêtes des cerisiers en fleur).

Daïmyo, « grand nom » : c'était le seigneur féodal gouvernant une ou plusieurs provinces, mandaté par l'empereur. Il jouissait d'une indépendance totale et s'entourait de samouraïs pour défendre son territoire.

Haïku : très court poème rythmé, de dix-sept syllabes. C'est aussi une joute oratoire qui essaie de décrire l'essentiel d'une image, d'une situation : « Vivre intensément l'instant fugace ».

Heures : dans le Japon traditionnel, chaque heure égalait deux heures européennes. Les douze animaux symboliques du calendrier chinois étaient utilisés pour les représenter. La première heure correspond à la tranche horaire allant de 22 h à 24 h.

l'heure du rat : 22 h à 24 h
l'heure du buffle : 24 h à 2 h (c'est l'heure propice aux fantômes et aux mauvais esprits)
l'heure du tigre : 2 h à 4 h
l'heure du lièvre : 4 h à 6 h
l'heure du dragon : 6 h à 8 h
l'heure du serpent : 8 h à 10 h
l'heure du cheval : 10 h à 12 h
l'heure du bouc : 12 h à 14 h
l'heure du singe : 14 h à 16 h
l'heure du coq : 16 h à 18 h
l'heure du chien : 18 h à 20 h
l'heure du sanglier : 20 h à 22 h

Kamis : les génies bienfaisants du Japon. Ces êtres surnaturels agissent dans les moindres détails de la vie quotidienne. Ils assistent les naissances, donnent leur avis sur le choix des futurs mariés, apaisent le vent, appellent la pluie. Bref, ils sont partout. Ils grattent les puces des chiens, appâtent les poissons, protègent les rizières, ils sont partout... la guerre, la paix... ils sont partout.

Karma : ce mot désigne l'acte et ses conséquences. Tout acte bon, mauvais, intéressé ou gratuit pèse lourd sur l'avenir proche et lointain.

Kikos : en japonais, kiko signifie « écaille de tortue ». Ces bambous aux formes très particulières ont une hauteur inférieure à vingt mètres. Ils ont la réputation d'être magiques.

Maackia amurensis : c'est un arbre haut, originaire de la région du fleuve Amour, en Mandchourie. Il fleurit en plein été. Ses fleurs sont blanches et forment des grappes.

Makomo : grands roseaux que l'on tressait en paniers.

Oni : sorte de démon.

Samouraï, celui qui sert : avant l'introduction des armes à feu et la construction des châteaux forts aux XVIe et XVIIe siècles, les samouraïs étaient de petits paysans qui promettaient de servir loyalement un seigneur local. Lentement, ils devinrent une élite guerrière et se transformèrent en véritable société militaire de type féodal. Entre 1580 et 1610 environ, le Japon construisit de nombreux châteaux. Les samouraïs qui étaient à la fois guerriers et paysans furent forcés de choisir. Ils devinrent des soldats professionnels, cantonnés dans des châteaux fortifiés. Leur déclin arriva dans les années 1860. Le Japon s'ouvrait au monde, ils durent admettre l'anachronisme de leur position dans la société.

Sapin nikko : cet arbre majestueux pouvant atteindre quarante mètres de haut est originaire du Japon, où il est considéré comme l'arbre national, d'une valeur esthétique considérable.

Silure : c'est un poisson d'eau douce sans écailles, à la tête plate et massive, aux yeux minuscules et à la gueule énorme entourée de barbillons épineux. Il peut mesurer plus de quatre mètres et peser trois cents kilos. C'est un prédateur féroce et vorace qui vit dans la vase des grands fonds.

Dans la même collection :

LE RÊVE DU GLOUTON
LA COURSE DU GUÉPARD